O que eu vi na vida

Editora Appris Ltda.
1.ª Edição - Copyright© 2024 do autor
Direitos de Edição Reservados à Editora Appris Ltda.

Nenhuma parte desta obra poderá ser utilizada indevidamente, sem estar de acordo com a Lei n° 9.610/98. Se incorreções forem encontradas, serão de exclusiva responsabilidade de seus organizadores. Foi realizado o Depósito Legal na Fundação Biblioteca Nacional, de acordo com as Leis n°s 10.994, de 14/12/2004, e 12.192, de 14/01/2010.

Catalogação na Fonte
Elaborado por: Dayanne Leal Souza
Bibliotecária CRB 9/2162

L979q
2024

Luz, Nilton Rodrigues da
O que eu vi na vida / Nilton Rodrigues da Luz. – 1. ed. – Curitiba: Appris, 2024.
50 p. ; 21 cm.

ISBN 978-65-250-6193-1

1. Copacabana. 2. Corcovado. 3. Cristo Redentor. I. Luz, Nilton Rodrigues da. II. Título.

CDD – 398.27

Appris
editora

Editora e Livraria Appris Ltda.
Av. Manoel Ribas, 2265 – Mercês
Curitiba/PR – CEP: 80810-002
Tel. (41) 3156 - 4731
www.editoraappris.com.br

Printed in Brazil
Impresso no Brasil

Nilton Rodrigues da Luz

O que eu vi na vida

Appris editora

Curitiba, PR
2024

FICHA TÉCNICA

EDITORIAL Augusto Coelho
Sara C. de Andrade Coelho

COMITÊ EDITORIAL Ana El Achkar (UNIVERSO/RJ)
Andréa Barbosa Gouveia (UFPR)
Conrado Moreira Mendes (PUC-MG)
Eliete Correia dos Santos (UEPB)
Fabiano Santos (UERJ/IESP)
Francinete Fernandes de Sousa (UEPB)
Francisco Carlos Duarte (PUCPR)
Francisco de Assis (Fiam-Faam, SP, Brasil)
Jacques de Lima Ferreira (UP)
Juliana Reichert Assunção Tonelli (UEL)
Maria Aparecida Barbosa (USP)
Maria Helena Zamora (PUC-Rio)
Maria Margarida de Andrade (Umack)
Marilda Aparecida Behrens (PUCPR)
Marli Caetano
Roque Ismael da Costa Güllich (UFFS)
Toni Reis (UFPR)
Valdomiro de Oliveira (UFPR)
Valério Brusamolin (IFPR)

SUPERVISOR DA PRODUÇÃO Renata Cristina Lopes Miccelli
PRODUÇÃO EDITORIAL Sabrina Costa
REVISÃO José A. Ramos Junior
DIAGRAMAÇÃO Amélia Lopes
CAPA Lívia Weyl

AGRADECIMENTOS

Agradeço pela força e pelo carinho de minha família, principalmente ao meu cunhado Maurício Matias, diretor do jornal *Correio Popular* e da revista *Acontece*, à minha irmã Nilva e ao meu irmão Nelson Rodrigues da Luz, membro e vice-presidente da Academia Itaberina de Letras e Artes (Aila).

Esta obra é dedicada aos meus filhos, Raphael Dias Luz e Juliana Dias Luz

APRESENTAÇÃO

O que vi na vida - de Nilton

Apresentamos com muito gosto o segundo livro de Nilton Luz. Antes, porém, devemos agradecê-lo pela paciência para conosco, desculpando-nos pela demora em atender ao seu gentil e honroso convite.

É interessante como o exercício da escrita tem o condão de aprimorar os recursos estilísticos, a apresentação das ideias, a clareza das frases e o modo de passar para o leitor o enredo, pano de fundo de seu escrito, e mesmo o fecho com o sentido adrede pensado pelo escritor.

As crônicas de Nilton nesta segunda obra publicada, são, da mesma forma, muito boas. O autor mergulhou diversas vezes nos arquivos de sua memória, em busca de fatos que ocorreram em sua infância, juventude e mesmo mais para perto de nosso tempo. É interessante como sua narrativa consegue prender a atenção do leitor, que vai sendo conduzido pelo fio da tessitura do texto e instigado a continuar até o final, para apreender o sentido que o impeliu a escrevê-lo e que muitas vezes, sabiamente, se dá com o fecho, que amarra toda a narrativa.

São memórias que agora são históricas, pois que Nilton as materializou em seu livro. O próprio título já indica isso: *O que vi na vida* é uma obra memorialística, e aí reside a importância deste trabalho para a comunidade itaberina.

A memória, como sabemos e nos dizem os estudiosos do tema, é ampla, é a amplitude do que vivemos e vivenciamos em nosso peregrinar existencial. Por isso é, também, o que ouvimos contar, o que lemos, as emoções que tivemos. Portanto, a memória é algo da consciência, dos sentidos, não pode ser totalmente apresentada. A história, sim, é formada por vestígios da memória que se materializam por meio do exercício da escrita.

Chamamos a atenção para o fato de que a história de um lugar e de um povo, só é conhecida pelos vestígios da memória. Acresce que as memórias também são frutos da idiossincrasia de cada um, de seu olhar, do modo de ver e vivenciar o mundo. Daí a necessidade e a importância dos livros em uma sociedade. A soma das obras memorialísticas forma o arcabouço histórico que em parte engendra a identidade dos lugares e pessoas. Identidade, ou identidades, fruto cultural do modo de ser, agir, falar, celebrar, desejar, pensar e construir de uma região e de um povo.

A contribuição de Nilton Luz para o conhecimento da formação da identidade itaberina, é muito importante. Nilton apresenta, muitas vezes, aspectos da vida que já mudaram ou estão em vias de mudança e desaparecimento. Assim, o modo de vida sertanejo, as histórias que sua mãe lhe contava como a interessante construção cacofônica presente na crônica "Dialeto", história que os avoengos contavam para as crianças e era motivo de risos e galhofas. Um modo de vida, de relacionamento familiar, que atualmente quase não existe.

É alvissareiro que a sociedade seja presenteada com iniciativas como a de Nilton Luz, que não guardou suas memórias para si, mas quis compartilhá-las com sua família, amigos e conterrâneos. Oxalá, a atitude de Nilton atraia mais pessoas que possam contribuir com o conhecimento do passado, pois somente conhecendo sua história, é que um povo poderá construir um futuro melhor, sem repetir os erros e contradições, mas preservando as virtudes, bons sentimentos, o sentido de partilha (os mutirões eram exemplos disso), o convívio familiar e as tradições saudáveis que congregavam as famílias em torno de um sentimento e celebrações em comum.

Parabenizo o autor, Nilton Luz, por mais esta obra que, sem dúvida, será lida e prestará seu contributo para a história sociocultural de Itaberaí.

Antônio César Caldas Pinheiro
da Academia Goiana de Letras e Academia Itaberina de Letras e Artes

SUMÁRIO

O QUE EU VI NA VIDA 15

O COMBINADO NÃO É CARO 19

O CARPINTEIRO 21

DIALETO 23

PRESENTE DE NATAL 24

ANDRÉ PREQUEXÉ 26

SÍLVIO, O MOTORISTA 28

OLHA O BICHO 30

O TESOURO REJEITADO 32

VIAJAR ERA PRECISO 34

AMIGO É PARA SEMPRE 36

A HERANÇA DO FAZENDEIRO 38

VILA BELA DA SANTÍSSIMA TRINDADE 41

A MADRINHA 44

QUEM TEM LEITURA TEM TUDO 46

O QUE EU VI NA VIDA

Terminado o lançamento do meu primeiro livro, *Fatos e Contos*, resolvi vasculhar os arquivos da minha memória para ver se ainda havia alguma história interessante que eu pudesse contar. Vasculhei detalhe por detalhe, pessoas por pessoas, lugares diferentes e me vieram à mente os cursos de aperfeiçoamentos que todos os anos tínhamos que fazer e para isso viajar a São Paulo ou ao Rio de Janeiro para participarmos de reuniões ou cursos diversos, onde colegas do Brasil todos se faziam presentes.

Naquele ano foi programado irmos para o Rio de Janeiro e ficaríamos hospedados no famoso Hotel Copacabana Palace. Me lembro que era um domingo, cheguei na recepção do hotel por volta das quatro da tarde, me apresentei, assinei a ficha e me entregaram a chave dizendo:

— Você vai ficar hospedado com o Sr. Márcio daqui do Rio de Janeiro na Suíte Executiva no terceiro andar, o seu colega por ser daqui da Cidade, deve chegar somente à noite.

Tomei o elevador, subi até o andar do apartamento em questão, quando abri a porta levei um susto com tanto luxo, e quanto era grande aquela suíte, posso jurar que era maior que o apartamento onde eu morava, era composto de um quarto enorme e anexa uma sala para leituras, descanso ou mesmo estudar. Cheguei na janela, puxei a cortina e pude ver lá de cima a linda e maravilhosa praia de Copacabana, pensei comigo mesmo, "será que estou sonhando?" Sim, tudo verdade. Sobre a mesinha de centro notei que havia um papel timbrado com a marca d'água do nosso banco. Peguei, li e pude observar que eram as instruções a seguir a partir daquele momento. Dei uma lida nas instruções e uma delas era que o café da manhã seria servido a partir das sete horas da manhã e que às oito horas em ponto teríamos que estar todos no salão de reuniões do hotel, onde seriam completadas as demais orientações.

— Muito bom dia senhores, a partir de hoje vocês terão a minha companhia e de mais três colegas que juntos estaremos ministrando o curso e palestras diversas durante todo o mês em que aqui estiverem. Nesse período vocês estarão sobre a responsabilidade da Empresa, portanto observem as normas de segurança do hotel, não saíam a noite por nada, mas se precisarem saíam em grupos e ou com alguém responsável por vocês.

No primeiro final de semana após uma semana de curso no primeiro domingo, fomos liberados para darmos uma volta na praia e sempre em grupos de quatro pessoas. Após duas semanas de cursos e já cansados da rotina, numa plena segunda-feira, terminado o cansativo dia de aulas, nos disseram para subir tomar um banho e colocar roupa especial, pois às nove horas da noite iríamos jantar fora. Não disseram onde iríamos, era surpresa. Contrataram alguns ônibus para nos levar a esse local especial, após rodar por alguns minutos pela Av. de Copacabana, pararam em frente à casa de Espetáculos Oba-Oba, do consagrado Osvaldo Sargentelli e seu show com as mulheres mais famosas do Rio de Janeiro. Antes de adentrarmos, nos disseram que aquela casa de shows não abria as segundas-feiras e só foi aberto exclusivamente para atender a um pedido da diretoria do nosso banco por serem velhos parceiros comerciais, o que não impediu que turistas de todo mundo não aproveitassem a oportunidade para entrarem também.

Foi um espetáculo inesquecível, jantamos e voltamos para o hotel já quase meia-noite, isso porque logo de manhã a rotina voltaria. As duas semanas seguintes passaram voando, parece que o show do Oba-Oba do Osvaldo Sargentelli fez muito bem a todos nós, ou talvez a teoria de que depois da metade a contagem é regressiva e passa mais rápido. A noite já mais tranquilo e sem muito o que fazer resolvi procurar alguma coisa para ler na sala anexa ao quarto e por acaso encontrei um livro escrito pelo nosso imperador D. Pedro II, com o título *Pelas Barbas do Imperador*, muito bom o livro, pena que não foi possível terminar a leitura. Na sexta-feira último de dia de curso, fizeram palestras de motivação com grandes nomes de pessoas especializadas, fizemos um relatório de tudo que aprendemos durante o mês e pediram que fosse dito tudo o que achamos de positivo e negativo. Os instrutores se despediram de nós desejando sucesso no nosso dia a dia, enquanto o responsável por tudo nos disse:

— Amanhã, sábado, logo pela manhã vamos fazer um tour pela cidade do Rio de Janeiro e quem é da cidade e quem não quiserem ir estão dispensados, devendo comparecer aqui no anfiteatro do hotel às sete e meia da noite para o encerramento, quando terá um show surpresa para vocês.

No dia seguinte levantamos cedo, tomamos o café e ficamos na porta do hotel apreciando o movimento do vai e vem na Avenida de Copacabana, alguns banhistas já chegando à praia, era tudo muito lindo e prazeroso por estar ali naquele momento. Às nove horas, como estava marcado, chegou o ônibus que nos levaria para conhecer a linda cidade do Rio de Janeiro, embarcamos apenas umas trinta pessoas, as demais já conheciam ou preferiram ficar na cama até mais tarde. O ônibus começou a rodar pela Av. Copacabana, enquanto o encarregado pelo tour começou a explicar qual seria o roteiro e os pontos visitados. Ele disse:

— Nós vamos até a Vista Chinesa no alto da floresta da Tijuca, onde vocês terão uma vista panorâmica de toda a cidade.

Foi fantástico o que vimos lá do alto. Ver a Baia de Guanabara, o Corcovado, o Cristo Redentor o Bondinho do Pão de Açúcar e a própria Vista Chinesa, feita no estilo bambu, mas na verdade tudo parecia ser construída de concreto. Depois de uns trinta minutos apreciando aquela paisagem tão linda, o guia nos disse:

— Subindo esse calçamento de pedra bem mais acima vocês vão encontrar a mesa de pedra do Imperador Dom Pedro II, onde ele fazia piquenique com sua família aos fins de semana.

Como eu me interesso muito pelo assunto Família Imperial, fui um dos primeiros a subir. Quando cheguei no local lá estava a enorme mesa feita de granito com aproximadamente três metros de comprimento por uns oitenta centímetros de largura e um banco também de granito de cada lado da mesa. Sentei no banco de frente para a Vista Chinesa, apesar de muitas árvores encobrindo a visão ainda era possível ver a cidade. Enquanto estava sentado ali apreciando a paisagem, imaginei Sua Alteza Imperial chegando para o seu tradicional piquenique com toda a Família Imperial. Gostaria que aquele momento fosse uma realidade e que eu tivesse mesmo um encontro com o Imperador, queria dizer a ele para tomar muito cuidado com os seus militares, pois seria traído pelos seus generais e seria expulso do país e exilado em Paris, iria convencê-lo de que tudo era verdade, pois eu estava vindo do futuro.

Nisso o guia turístico deu sinal para que descêssemos, pois tínhamos que voltar para o hotel, já o horário do almoço se aproximava, aí percebi que cheguei muito tarde para o encontro com a Sua Alteza. Enquanto descia para tomar o ônibus, lembrei de ter lido sobre a profecia dos Maias em que se dizia "que no universo tudo acontece em ciclos, o que acontece hoje, em um futuro volta a se repetir". Fiquei pensando, se isso é verdade, quem será o governante no futuro a ser traído pelo seu exército? Depois desse passeio fantástico voltamos para o Hotel, almoçamos e fomos tirar uma soneca. Por volta das duas horas da tarde, fomos dar umas voltas no calçadão da praia de Copacabana para ver o movimento e as belezas das cariocas. Às sete e trinta da noite, como estava determinado, lá estávamos todos nós no anfiteatro do hotel para o show surpresa de que tanto falaram. Às oito horas em ponto aparece para o show o famoso comediante Chico Anísio. Quando ele subiu ao palco e cumprimentou a todos, o público foi ao delírio. Durante uma hora e meia só deu ele, terminava de contar uma piada, contava uma história, uma anedota e piadas e mais piadas. Terminou o show, se despediu de nós e saiu rapidinho dizendo que tinha outro show a seguir. Ficamos ali por mais algum tempo para recebêssemos as instruções e nos despedíssemos uns dos outros, pois pela manhã estaríamos retornando para as nossas casas. Mantivemos contatos com os outros por mais algum tempo, uma vez que a comunicação era precária e só era possível pelo canal de voz do banco. Após um ano da realização do curso mais ou menos, fiquei sabendo da morte do meu colega de quarto, o Sr. Márcio, partiu prematuramente vítima de um câncer de fígado.

O COMBINADO NÃO É CARO

Eu sempre ouvi dizer essa frase desde pequeno, que o combinado não é caro, ou se tratou tem que cumprir, ou seja, não somos obrigados a aceitar um negócio ou prometer realizar certas tarefas, somos livres para aceitá-las ou não. Revisando a minha memória de quando morava em Cuiabá, lembrei-me de um fato interessante que me fez rir ao lembrar da cena. Era uma sexta-feira por volta das dez horas da manhã, eu estava na minha sala na diretoria do banco quando a secretária atendeu uma ligação e me disse:

— O Senhor Marcelo, Diretor regional sediado em Goiânia, e o Senhor Eduardo Guardia Coelho, Diretor-geral para as regiões Sudeste e Centro-Oeste, estão chegando no aeroporto de Várzea Grande e é para o Senhor buscá-los daqui a meia hora.

Deixei o que estava fazendo e saí rapidamente, pois do centro de Cuiabá ao Aeroporto de Várzea Grande eu iria gastar exatamente os trinta minutos para chegar lá. Aliás, Cuiabá é a única capital do Brasil que não tem um aeroporto. Lá chegando, o voo deles já estava em solo e todos nós já reunidos no saguão. O Marcelo era aquele chefe arrogante de pouca conversa com os seus subordinados, já o Eduardo era um chefe que todos gostavam de estar ao lado dele, um carioca alegre, brincalhão, contador de piadas, "ele sim era o cara". Chegaram no horário marcado e ficamos ali no saguão do Aeroporto por uns quinze minutos e em seguida fomos almoçar, pois disseram que estavam com fome devido ao fuso horário, para eles era uma hora mais tarde. Em seguida fomos para a diretoria do banco e nos trancamos na sala de reuniões até lá pelas vinte horas, quando foi encerrada a nossa missão do dia. Na época não havia telefone na minha casa e muito menos celular, que ainda era desconhecido. Como avisar a minha esposa que eu estava em reunião e que não poderia ir almoçar e nem sabia que horas voltaria para casa. Pensava comigo mesmo: "Seja o que Deus quiser".

Minha esperança era que eles decidissem ir para o hotel descansar, já que viajariam pela manhã logo cedo, mas que nada. Resolveram comer uma pizza e tomar uma cervejinha. Escolhemos uma pizzaria no centro da cidade, aliás a melhor, chegamos e iniciamos a tomar uns copos enquanto a pizza ficava pronta e nisso chegam dois garotos com suas caixas de engraxate nas costas e perguntam:

— Vai graxa aí, Doutor?

Os dois mais que depressa põem os seus sapatos nas caixas e os dois garotos começam a trabalhar e passam a escova, passam graxa, passa o pano, bate com a escova na caixa para trocar de pé e a rotina se segue até que terminamos de comer a pizza e pedimos a conta. O garçom trouxe a conta, me lembro que três cervejas e uma pizza grande ficou por Crz 50,00. Acertaram a conta para irmos embora quando um dos garotos disse:

— Doutor, o Senhor ainda não acertou com a gente.

O Eduardo concordou e perguntou quanto eram os dois pares de sapatos? Geralmente eles cobravam Crz 3,00; para engraxar um par de sapatos, e o garoto disse:

— Os dois pares são Crz 50,00, ou seja, o valor da despesa na pizzaria.

O chefe ficou bravo:

— Você está de brincadeira?

— Não, não estou, quero receber, o Sr. não perguntou quanto era e já foi colocando o pesão, agora paga.

— Não pago.

— Ah! Não? Turma, o doutor disse que não vai pagar, vamos passar graxa na roupa deles.

Apareceram mais uns três engraxates que estavam lá fora e já chegaram abrindo as latinhas para sujar toda as roupas dos doutores. Aí eu disse para os chefes:

— É melhor vocês pagarem, "o combinado não é caro".

E foi assim, foram até chegarem no hotel sem trocarem uma palavra, e no dia seguinte bem cedo, tomaram um taxi, foram para o aeroporto, embarcaram para Goiânia e nunca mais tocaram no assunto.

O CARPINTEIRO

Finalizados os recursos da nossa alfabetização na fazenda, meu pai se viu obrigado a comprar uma casa no povoado próximo ao nosso domicílio rural para que nós continuássemos os estudos, já que na fazenda não havia a mínima condição por falta de professores e esta foi a única saída. Esse povoado estava apenas começando, havia apenas duas ruas que atravessavam a praça onde existiam pouco mais de umas trinta casas. Foi exatamente nesta praça bem em frente à Igreja que estava sendo construída a casa que fomos morar. Pude acompanhar passo a passo o surgimento da Igreja do Padroeiro São Sebastião, que após um ano ficou pronta e muito bonita. Entre a nossa casa e o prédio da esquina que pertencia ao meu Tio Pedro, havia uma humilde casinha de pau a pique onde morava um senhor por nome de Antônio Bem-te-vi, ao lado da sua casa um enorme pé de Jatobá que lhe fazia sobra durante o dia, pois sua profissão era carpinteiro e ali ele passava quase o dia todo trabalhando, só parava para preparar a sua comida, vivia sozinho e tinha que fazer de tudo. Logo nos primeiros dias já fizemos amizade com o Sr. Antônio, sabe como é criança, basta um pouco de atenção e já são velhos amigos. Nossa mãe ficava brava, gritava com a gente, venha para casa, deixem em paz o Sr. Antônio, o deixem trabalhar, no que ele dizia:

— Pode deixar, Dona Maria, eu gosto da companhia deles, eu me sinto muito sozinho.

Nessa mesma semana, ele recebeu a encomenda para fazer um carro de bois tamanho grande, na conversa deles tinha que caber quarenta balaios de milho. Perguntei para o meu pai se era grande, no que ele disse que sim. Na semana seguinte o cliente que havia feito a encomenda entregou a madeira conforme o combinado e disse-lhe que iria na capital encomendar as ferragens num tal de Tarzan, pois levaria uns trinta dias para ficar pronto. O Sr. Antônio começou a sua tarefa e, à medida que ia fazendo, ele ia nos explicando cada passo.

Começou fazendo primeiramente as rodas e foi falando o nome das partes que a compunha: um meão e duas cambotas, a mesa do carro é composta de um cabeçalho central e duas chedas laterais ligadas ao cabeçalho por arreias que ligam o cabeçalho as chedas em que serão colocadas as tábuas para fazerem o assoalho.

O tempo passou voando e de repente estava pronto o carro, faltando apenas as ferragens que logo chegaram e já foram preparadas para terminar as rodas. Ele acendeu uma fogueira e jogaram lá os dois aros para esquentar até ficarem vermelhos e assim foi colocado nas rodas e à medida que ia esfriando foi apertando a madeira até estalar de tão apertado.

São tantos detalhes na construção de um carro de bois que dá para escrever um livro, a escolha das madeiras específicas para cada parte do carro e a esteira feita de tabocas. No dia combinado, estava pronto a obra de arte do Sr. Antônio, faltando um pequeno detalhe que logo ele tratou de ajeitar, é como se fosse a cereja do bolo, um pequeno chifre pendurado na lateral do carro logo atrás de uma das rodas, eu quis saber para que aquele chifre e prontamente ele me disse que era para colocar azeite de mamona para lubrificar o eixo. Logo depois do almoço chegou o fazendeiro que havia encomendado aquela obra de arte e com ele várias crianças, provavelmente eram seus filhos que fizeram aquela festa quando viram aquela belezura de carro de bois. O tempo passou e logo a igreja também ficou pronta e que hoje está como prova de que tudo isso não foi um sonho, foi uma realidade edificada naquele povoado que se tornou uma próspera cidade. Quanto às pessoas, estas ficaram somente na lembrança de um tempo que se foi e não volta nunca mais.

DIALETO

Tumamo café e fumo eu camin e cumadi cadela, cheguemo la topamo cumpadi batendo cumadi cum vara de tocagado, pidimo, pidimo e nem tendeu. São pequenas histórias que minha mãe nos contava quando éramos crianças, e como nós gostávamos dessas passagens da infância da minha mãe, que ela jura até hoje que eram verdades. Traduzindo: uma senhora chega à casa de sua comadre, acompanhada de sua filha para irem juntas a casa de outra comadre, para fazerem uma visita. E segue a história. "Elas tomaram café e foram, ela com sua filha, e a comadre com a filha dela. Chegaram na casa da outra comadre, encontraram o compadre batendo na comadre com uma vara de tocar o gado, pedimos, pedimos pra ele parar e ele não atendeu."

Contando isso hoje parece que não tem nenhuma graça, mas, quando criança, como a gente ria. Que saudades!

PRESENTE DE NATAL

Mês de agosto, mês dos pais, comecei a pensar no meu tempo de criança, lembrei de fatos muito interessantes e positivos na nossa educação e dos valores morais e cristãos que aprendemos desde muito cedo. Nasci em uma família de doze irmãos e sempre morei na roça propriamente dito ou na zona rural como queiram. Não tivemos luxo, não sabíamos das coisas dos grandes centros, pois na minha cabeça a maior cidade que conhecíamos era onde fomos matriculados para estudarmos, ficávamos de março até o final de junho na cidade e depois íamos para fazenda passar as férias de julho. Voltávamos no início de agosto e contrariados ficávamos até o dia 20 de dezembro, completando o ano escolar. Digo contrariado porque na verdade queríamos estar sempre lá na fazenda junto dos nossos pais. Num mês de dezembro logo depois do término das aulas, ouvi no rádio que dia 25 de dezembro era comemorado o dia do nascimento do Menino Jesus, também nessa data as crianças ganhavam presentes. Lembro como hoje, sentados todos juntos no alpendre da casa apreciando a bela tarde de um domingo, devia ser dia 22 de dezembro, comentei e perguntei ao meu pai o que iríamos ganhar de presente de Natal. Ele nos olhou, sorriu e não disse nada. Na segunda como ele tinha que ir à cidade resolver alguns assuntos de negócios, arreou o cavalo e partiu bem cedo, pois tinha que percorrer 24 quilômetros até ao seu destino. Sempre ele fazia essa viagem, pernoitava para não voltar muito tarde. E desta vez como sempre só chegou no dia seguinte. Sempre trazia muitas balas e caramelos para toda a criançada e para meu irmão José o mais velho, para mim e para o Nicanor o mais novo do que eu, um embrulho para cada. Quando abrimos o presente, que sorriso mais amarelo nós três estampamos no rosto, naquele momento, ganhamos de presente de Natal pela primeira vez uma enxada. No sorriso do meu pai ninguém notou que aquilo fazia parte de um plano maior. Já no início do ano, começamos a fazer uso do tal presente, pois sempre o ajudamos na lavoura e nos afazeres da fazenda. O tempo passou voando aquele ano, não sei por que, mas o meu irmão Nicanor e eu fomos reprovados na escola. Pela fisionomia do meu pai percebi que ele não gostou, porém não disse nada, apenas disse ao meu irmão José que se ele quisesse ficar na cidade durante as férias podia, já que ele havia arrumado um emprego temporário numa fábrica de esporas do Sr. Tãozinho de Lima. Fomos todos para a fazenda, com exceção do meu irmão mais velho, e lá o Nicanor e eu ficamos encarregados de limpar uma roça de mandioca e essa tarefa durou até o último dia do mês de fevereiro. Nesse dia meu pai foi cedo para a cidade levar os demais irmãos que já frequentavam a escola, e meu irmão e eu fomos para a roça terminar o trabalho. Quando chegou à tarde e já estávamos terminando a última parte da roça, meu pai chegou e disse:

— Meus parabéns, vocês dois provaram que são mesmo de roça. — Ele sentou em um toco que havia ali perto e continuou: — Eu gosto de fazer as coisas como devem ser feitas e por isso vim saber de vocês se querem continuar aqui na roça ou se querem voltar a estudar e levar tudo mais a sério?

Só agora depois de muitos anos é que fui perceber que nós ganhamos o melhor presente de Natal. Obrigado por tudo, meu pai, pelo que fizeste por nós. Que saudades do nosso herói.

ANDRÉ PREQUEXÉ

Meu pai era um contador de histórias daqueles que todos faziam questão de estar por perto quando ele começava a contar, ele tinha tanta convicção nos causos que contava, que todos acreditavam ser verdadeiros e nós crianças ficávamos de cabelos em pé. Ele contava que quando casou, tanto ele quanto minha mãe eram muito jovens, ele com dezoito anos e minha mãe com pouco mais de quinze anos. Foram morar nas terras do sogro, pois era muito pobre, segundo ele tinha pouco mais que a roupa do corpo, tanto que, para casar, ele foi lá nas amigas da casa da luz vermelha e pediu uma das amigas que confeccionasse uma camisa para o casamento e ela fez da maneira que foi possível. Essa camisa, minha mãe, não sei se foi por raiva ou dó, manteve no fundo de uma caixa até mesmo depois que ele se foi.

A casinha que moravam lá na fazenda do meu avô era muito simples, feita de pau a pique, sem reboco nas paredes, telhas de barro dessas que dizem feitas nas coxas, fogãozinho caipira feito num jirau, uma pequena mesa e quatro tamboretes e uma prateleira feita de tábuas, umas poucas vasilhas e umas três panelinhas de barro. No quarto um catre de madeira com colchão de palha de milho e uma caixa de madeira onde guardavam suas roupas. Ele contava que num domingo à tarde logo depois do almoço, minha mãe foi fazer uma visita a casa dos pais e ele preferiu tirar uma soneca, pois andava muito cansado com o preparo da roça, desmatamento, limpeza do terreno para o plantio no mês de outubro. Segundo ele, deitou logo e dormiu, com aquele silencio, apenas os cantos dos pássaros e as galinhas no terreiro com os seus cocoricós e o canto do único galo que existia. Acordou mais ou menos umas duas horas depois e continuou deitado e olhando o movimento lá de fora por meio da parede de pau a pique, notou que havia começado uma ventania daquelas que ventava para um lado depois ventava ao contrário movendo as folhas secas caídas das árvores, logo formou-se um redemoinho que aos poucos foi-se aumentando de intensidade e ele notou que no meio do redemoinho havia uma criatura estranha de uns oitenta centímetros de altura com uma varinha na mão como se fosse uma batuta de maestro, girando com o vento e balançando a varinha dizendo:

— André Prequexé, André Prequexé...

Nessa altura do campeonato meus irmãos e eu já estávamos com os cabelos em pé agarrados com o papai de tanto medo enquanto ele ria de ver a cena. Na verdade, meu pai misturava a realidade em que vivia com uma dosagem de histórias inventadas por ele. Eh, o tempo se foi.

SÍLVIO, O MOTORISTA

Todo jovem com mais de dezessete anos sempre teve e tem um sonho de sair pelo mundo em busca de uma vida melhor, em busca de conhecimentos e de realizar os seus sonhos, encontrar um trabalho, adquirir conhecimentos, fazer um pezinho de meia, poder comprar uma casa e encontrar o amor de sua vida. Com o Sílvio não foi diferente, saiu pelo mundo em busca de uma vida melhor deixando para trás os seus pais e a vidinha pacata que levava lá na sua cidade.

Não sei se ele já tinha um destino em mente, só sei que num domingo de um mês de abril, ele apareceu lá na fazenda do meu pai com uma mochila nas costas faminto e procurando trabalho. Ele era um jovem de uns dezoito anos mais ou menos, bem moreno, parecia um cara da luta, forte e com aspecto de quem realmente queria trabalhar. Naquela época a confiança valia mais que documento, valia tanto quanto o QI (quem indicou), meu pai lhe ofereceu um banho, lhe serviu a janta, lhe arrumou uma cama e lhe disse:

— Amanhã pela manhã depois que eu tirar o leite das vacas, vou te levar para ver um pasto que eu quero roçar e se combinar já pode começar a roçar, você leva já a foice, uma cabaça d'água e depois mais tarde te levo o almoço, vejo o seu serviço e se realmente vai continuar o trabalho.

Meu pai ainda lhe disse:

— Gosto de empreitar por etapas, assim que terminar esse logo combinaremos outro e mais outros até terminar todo o serviço de limpeza da fazenda.

E assim foi feito, por ser bom de serviço, logo terminou essa empreitada, pegou outra e assim por diante. Com o tempo e por ser uma pessoa extrovertida e muito bom de papo e muito prestativo, ganhou a confiança de todos nós. Depois de uns três meses que estava prestando serviço para o meu pai, ele confessou para o meu pai o seu maior sonho, ser motorista de caminhão, mas não sabia dirigir e em seguida ele propôs para o meu pai que ficaria mais um mês e roçaria um pequeno pasto de uns cinco alqueires mais ou menos que ficava separado por um córrego, e meu pai lhe-disse:

— Por mim tudo bem, já que você terminou todas as tarefas, amanhã você pode começar lá, trabalha até as quatro horas da tarde, desse aqui para a porta e vamos treinar até as seis horas da tarde.

Na época meu tinha um Jeep Willis e assim começou a nova empreitada. O Silvio estava tão empolgado e feliz de estar aprendendo a dirigir, que por várias vezes a noite, fomos acordados com ele sonhando que estava dirigindo, fazendo o barulho do motor com a boca, trocando de machas, aquilo para nós crianças era motivo de muitas risadas. Pela sua vontade e dedicação, logo ele já dirigia o Jeep por toda a fazenda. Quando chegou o final do mês, ele disse para meu pai:

— Sr. Otávio, acho que chegou o momento de eu correr atrás do meu objetivo.

Meu pai acertou com ele todo o serviço prestado na fazenda e lhe disse:

— Sílvio, vamos aqui ficar torcendo por você e rezando para que Deus lhe acompanhe, que seus sonhos sejam realizados, mas, se alguma coisa der errado, estaremos aqui de braços abertos para recebe-lo.

Depois de muita tristeza por parte de nós, ele se foi e dizendo que em breve voltaria para rever a todos. Passados uns três anos mais ou menos, eis que aparece lá na porta do curral, um caminhão Mercedes toco abarrotado de mercadorias coberto com uma lona e o motorista sorrindo de orelha a orelha. Ali estava ele, o Sílvio agora motorista de caminhão feliz da vida, havia desviado a sua rota para fazer a prometida visita. Almoçou conosco se despediu de nós, pegou o seu bruto e partiu para cumprir a sua meta de vida e nunca mais soubemos dele.

OLHA O BICHO

Contam que no meado do século passado havia na região um grande fazendeiro, muito rico e poderoso e por isso era chamado de Coronel. Era de poucos amigos, carrancudo e muito áspero no trato com as pessoas, por isso todos o evitavam. Na fazenda havia muitos trabalhadores que faziam de tudo, cuidavam dos animais, das lavouras e quem os comandavam era a esposa do coronel, que dava as ordens, fazia os pagamentos no final de mês e cuidava dos negócios. O Coronel raramente era visto durante o dia, mas quando escurecia arreava o cavalo e saía pelas estradas, atravessando matas e só voltava de madrugada. Todos diziam a ele que não fizesse isso, pois a noite era feita para os bichos e as almas penadas, e ele nunca deu ouvidos a ninguém e continuou a cavalgar à noite pelas estradas por muito e muito tempo, jamais se soube o que ele fazia nesses passeios a noite.

Numa sexta feira-santa de quaresma, ele arreou o cavalo para fazer o seu giro e sua esposa implorou para que ele não fosse, pois era quaresma e acima de tudo uma sexta-feira, mas ele não deu ouvidos e ainda a empurrou para longe dele dizendo:

— Sai da minha frente, estropício.

Montou no cavalo e saiu a galope pela estrada chegando na mata que ele iria atravessar já bastante escuro. Mal entrou na mata, alguma coisa pulou na garupa dele, agarrou na sua cintura e aquela coisa foi crescendo, crescendo e foi aumentando peso tanto que o cavalo custava mudar os passos, e aquilo continuou crescendo passou por cima dele e de repente estava olhando cara a cara com ele e começou a falar

— Tanto a sua família tem pedido pra você não andar à noite e você nunca obedeceu, zombou de todos, em vez de aproveitar o dia para trabalhar e a noite para dormir e agradecer a Deus, você sempre preferiu dormir de dia e sair à noite sem destino e sem ter o que fazer, pois esse foi o seu último dia de cavalgada noturna.

A coisa repetiu isso várias vezes, dizendo que a noite foi feita para os bichos saírem das tocas e procurarem alimentos e para as almas penadas. Ainda disse para ele voltar para casa e nunca mais sair à noite.

Aquela coisa desceu do cavalo, que já não suportava o peso, e eles custaram chegar na porteira do curral. Quando os funcionários ouviram o barulho dele voltando cedo, disseram uns aos outros:

— Aconteceu alguma coisa com o patrão para voltar tão cedo.

De fato, aquele homem estava desfalecido sobre o cavalo. Assim que o ajudaram a descer, o cavalo estropiado, caiu morto. Levaram ele para o quarto, o puseram sobre a cama e com muito custo ele contou o que havia acontecido e repetia sem parar:

— Olha o bicho, cuidado com o bicho.

E foi assim por sete dias até falecer. Não sei se é verídica essa história, me contaram assim e assim eu passo para vocês.

O TESOURO REJEITADO

Quem nasceu e viveu na roça assim como eu e tantos outros sabe como era a monotonia do dia a dia, levantava cedo tratava dos porcos, tirava o leite e depois cada um ia para o seu afazer diário, cada um tinha sua obrigação, e assim foi quase toda a minha vida na roça. A noite chegava não tinha praticamente nada para fazer, ouviam-se os programas sertanejos da Rádio Nacional de São Paulo com o Edgar de Souza e ou a Record com o Zé Bétio, não podia ficar muito tempo com o rádio ligado senão acabava as pilhas do rádio aí já viu, pilhas novas só quando fosse a cidade para comprar novas pilhas, o que acontecia de mês a mês. Outro passatempo era ir para a casa do vizinho jogar truco e às vezes os vizinhos vinham para nossa casa e ficavam até tarde naquele "truco... e seis mio, ladrão dos meus tentos". Pelas dez da noite paravam porque tinham que levantar cedo para a labuta do dia a dia.

Era uma terça-feira de um mês de abril ou maio, não me lembro bem, meu pai, entediado com a rotina e não querendo ir para cama, resolveu ir lá no seu vizinho e compadre, Sebastião Caldas, jogar cartas ou um pouco de conversa fora, chamou meus irmãos e eu para ir com ele e ninguém de nós quis ir, aí ele foi só. Da sede da fazenda do meu pai à sede do Sr. Sebastião não passava de um quilômetro em linha reta, devia ser seis e meia da tarde quando ele saiu, subiu estrada acima, atravessou a porteira pegou a estrada de Itaberaí à Itaguarí, descia pela estrada uns quinhentos metros, pegava a estrada que chegaria à sede do vizinho que daria mais uns duzentos metros. Não sei porque aquele dia ele demorou pouco lá na casa do compadre. Segundo ele, resolveu voltar mais cedo, devia ser umas oito horas e meia ou nove horas. Assim que chegou na estrada, a lua estava clara apesar de algumas nuvens que de vez em quando a encobriam, contudo se via bem a estrada, tanto que olhou no sentido Itaguarí, pôde ver até na ponte que ficava distante. Assim que começou a andar na estrada, ouviu uns passos fortes vindo atrás dele, correu para chegar logo na porteira e se esconder, mas foi em vão, chegaram praticamente juntos. Foi o prazo de abrir a porteira e se esconder atrás do mourão, aquele homem passou, tinha uns três metros de altura, vestia uma roupa branca encardida daquelas feitas com sacaria de açúcar e em poucos passos aquela criatura sumiu na estrada rumo a Itaberaí.

Meu pai disse que correu tanto que podia jogar baralho na sua camisa. Chegou em casa chamando minha mãe que já estava dormindo para relatar o acontecido e a partir daquela hora todos nós acordamos e só fomos dormir bem mais tarde, alguns de nós duvidando da veracidade da história, mas, não podíamos contestar.

Para confirmar o ocorrido, uma semana depois alguém foi lá a noite e arrancou o mourão da porteira e pela manhã percebemos que a porteira estava caída, fomos verificar havia um grande buraco e o sinal de um garrafão que estava ali enterrado. Segundo os entendidos, esse tesouro era para ele, mas por falta de coragem, perdeu todo o ouro.

VIAJAR ERA PRECISO

Quem viajava por terras estranhas, sempre estava sujeito a passar por momentos constrangedores, foi o que aconteceu comigo quando eu viajava pelo banco e fazia visitas em várias cidades e até mesmo em outros estados. Certa vez viajando de Brasília para Barreiras, na Bahia, passando pelo nordeste goiano, indo até Taguatinga de Goiás (hoje Tocantins), entrava pelos gerais da Bahia na época uma região totalmente deserta, havia apenas um posto de gasolina da divisa de Goiás até a cidade de Barreiras-BA. Se não abastecesse o carro, corria o risco de ter uma pane seca. Era umas dez horas da manhã, um calor insuportável, o tanque do carro já na reserva, parei no posto para abastecer e tomar uma água. Quando encostei e pedi o bombeiro para completar o tanque, notei que havia um trator Massey Ferguson estacionado na outra bomba funcionando em marcha lenta. Ao entrar no bar notei que havia dois senhores, percebi que eram os tratoristas funcionários de alguma fazenda ali por perto e com certeza teriam ido abastecer o trator ou abastecerem a si próprios, pois pude perceber que meio litro da branquinha já tinha ido, cada um deles com um enorme facão dependurado na cintura e por sinal com cara de poucos amigos. Me aproximei do balcão e pedi um copo d'água, o garçom se afastou e foi buscar a água, quando um deles despejou uma dose da pinga num copo e me disse:

— Seu moço, tome esse copo aqui conosco.

Respondi:

— Eu vou agradecer, não me levem a mal, é que estou dirigindo e estou só e é perigoso, pois posso cochilar no volante.

Ele recolheu o copo e o outro seu colega pegou um garfo e enfiou num pedaço de carne em um prato e me disse:

— Mas um pedaço de carne o Sr. vai comer.

Ele me entregando o garfo, pensei: "Já enjeitei a pinga se eu enjeitar a carne pode acontecer o pior". Levei aquele pedaço de carne ao nariz e senti um cheiro estranho, não sei se era rançosa, aquilo era uma carne branca mal frita e parecia um pedaço de manteiga. Coloquei na boca que logo encheu d'água, resolvi engolir sem mastigar. Ele ainda perguntou:

— Gostosa, né?

Já ia saindo quando o primeiro disse:

— Isso é carne de caça, aqui no cerrado tem bastante.

Eu fiquei em choque, pois nunca comi nenhuma carne de caça, pois a minha mãe nunca deixou fazer essas carnes lá em casa e se chegasse a fazer, ela seria capaz de jogar a panela fora. Agradeci e ia saindo de fininho, pois não queria saber de mais nada, quando ele ainda disse:

— Isso é carne de Gambá.

Aquilo para mim foi como se tivesse caído uma bomba em cima de mim. Meu estômago parece que não queria digerir aquilo. Chegando em Barreiras fui direto a uma farmácia e tomei um Lisotox pra ver se passava. Fui almoçar, pedi uma coca, tomei e nada, nem consegui comer nada. O meu pensamento sempre na minha mãe, o que ele ia dizer. Por uma semana não conseguia esquecer, foi quando estive com a minha mãe e contei a ela o que tinha me acontecido. Sábia como sempre, ela me disse:

— Filho, o que não mata engorda.

A partir daquela hora foi como se ela tivesse tirado da minha mente todo aquele pesadelo.

AMIGO É PARA SEMPRE

Eu sempre procurei a definição de o que é ter um amigo e nunca encontrei nenhuma resposta, parecia tudo muito vazio. O tempo passou e eu fui me tocando aos poucos que amizade não precisa de uma definição, basta ser amigo e ter um amigo de verdade, e foi isto que aconteceu.

Ainda jovem fui trabalhar em um armazém aqui da minha cidade, pois precisava ganhar alguns trocados para ajudar nos meus estudos, e lá conheci o Antônio, filho do proprietário, que logo se mostrou ser um bom amigo. Passadas várias décadas e depois de cada um de nós tomar um rumo diferente, a amizade continuou, tanto que esta semana antes do Natal, recebi a sua visita em minha casa o que deixou me muito feliz.

Por duas horas mais ou menos, fomos lembrando das nossas aventuras, das invenções, e criações. Fabricamos cofres de madeiras com segredo, que realmente funcionava, caixa registradora, que até foi usada pelo seu pai no armazém por muito tempo, e também as invenções que nunca funcionavam, pois eram copiadas dos filmes do 007, tais como microcâmeras fotográficas e canetas a lazer. Lembramos de uma linda moça libanesa que morava em Goiânia, que esteve aqui na cidade em casa de amigos e que quase levou o meu amigo a loucuras. Quantas cartas de amor eu tive que escrever para aquela menina como se fosse ele a escrever, na esperança que ela desse uma chance a ele. Nas férias escolares, nós íamos de bicicleta para a fazenda do meu pai, e lá era aquela festa, com toda a minha família reunida.

Em junho ou julho de 1969, acompanhamos o noticiário de hora em hora na Rádio Globo sobre a descida do homem na lua, que para nós na época foi um marco histórico que nunca esquecemos.

Fora das férias, quase todos os finais de semana nós íamos também, saíamos depois das aulas na sexta-feira e pedalávamos por dezoito quilômetros até a fazenda e no domingo saíamos depois do almoço e voltávamos para a cidade. Certo dia o pneu da minha bicicleta furou e viemos os dois a pé, empurrando-as, já era umas oito horas da noite naquela escuridão e de repente as luzes de um carro que vinha em sentido contrário e assim que nos viram, parou e era a sua mãe que estava preocupada e veio ao nosso encontro e disse:

— Vocês me matam de preocupações, ponha a sua bicicleta aqui no carro e vamos embora, pois já é tarde.

O meu amigo disse a sua mãe:

— Pode ir embora, a senhora pensa que vou deixar o meu amigo sozinho para trás?

Outra vez, já morando em Goiânia, fui lhe fazer uma visita em sua casa e ele estava para rua, sua irmã Mercedes me recebeu e ficamos de prosa até seu irmão chegar. Quando ela o viu chegando me disse:

— Quer ver como o "Toinho" gosta de você? Vou dizer a ele que nós dois estamos namorando. Quando ele chegou e me viu, disse:

— Meu amigo que bom que você está aqui.

Ele me deu um abraço e foi quando a sua irmã lhe disse:

— Antônio, eu e o Nilton estamos namorando.

A reação dele foi de imediato:

— De jeito nenhum, você não vai fazer isso com o meu amigo.

Amizade é isso, ninguém cobra nada de ninguém, passa o tempo que passar, e quando se encontra, é como se toda a vida nós estivéssemos sempre juntos. Este é o meu grande amigo, Antônio Augusto Martins de Sá, o nosso Toinho.

A HERANÇA DO FAZENDEIRO

Conta-se a história de um fazendeiro muito rico e bondoso, pai de três filhos todos homens e já casados, a família do fazendeiro muito unida de causar inveja em todos que os conheciam. Ele, já de idade e sua esposa também, resolveram fazer o inventário em vida de tudo que possuíam, evitando assim problemas futuros, mas mantendo os seus bens com usufruto dos pais. Até aquela data, a casa dos pais estava sempre cheia com os filhos e netos que sempre estavam por lá principalmente aos domingos quando almoçavam sempre juntos. Algum tempo depois a mãe dos rapazes veio a falecer para tristeza de todos, principalmente do velho, que ficou sozinho naquele casarão, os filhos já não mais o visitavam nem levavam mais os netos para verem o avô, que se sentia muito triste e abandonado.

Até que um dia apareceram lá na casa do pai para falarem com ele, quando o pai os viu, pensou em voz alta: "Aí tem coisa, nunca me visitam e em plena segunda-feira!".

— Que bom vê-los aqui os três juntos e num dia de semana, aconteceu alguma coisa?

O mais velho respondeu com aquela voz meio embargada:

— Não, pai, nós viemos trocar umas ideias com o Senhor.

O pai logo disse:

— Aí tem coisas, vamos lá desembucha, o que aconteceu?

— Sabe o que é, pai — disse o filho do meio. — Nós três estivemos pensando e decidimos levar o Senhor para uma casa de repouso lá na cidade, sabe como é, aqui o Sr. fica muito sozinho, não tem com que conversar, fica isolado e se passar mal não tem ninguém para socorrê-lo.

Os outros dois confirmaram a trama e o mais novo ainda disse:

— Pois é, pai, até já ajeitamos tudo lá para levá-lo amanhã mesmo.

A partir daquele momento o velho não disse mais nada, nem um "A".

Na manhã seguinte logo cedo, chegaram os três e foram colocando algumas roupas do velho em uma mala surrada de viagens e ainda disseram, lá não vai precisar de muita coisa, eles providenciarão tudo. Deixaram lá no asilo de idosos o vosso pai e nunca mais voltaram pra vê-lo. Triste, abandonado, esquecido e sem os amigos e familiares que sempre fizeram parte da sua vida, teve uma ideia, mandou chamar o seu velho amigo que havia trabalhado com ele muitos anos lá na fazenda e já aposentado.

— Velho amigo, preciso de um grande favor seu, estou aqui como prisioneiro, não posso ir a lugar nenhum, tudo que tenho aqui é o dia e a noite cada vez mais longos. Preciso de um grande favor seu, mas é segredo entre nós dois.

Então contou o seu plano ao velho amigo, que lhe disse:

— Pode contar comigo, vou fazer tudinho conforme me pediu.

Passou uma semana e lá estava o velho amigo de volta com a encomenda, lhe entregou e depois perguntou:

— Mais alguma coisa, velho amigo?

— Sim, você vai procurar os meus filhos e dizer a eles que preciso vê-los ainda hoje sem falta.

O velho amigo se despediu e saiu às pressas à procura dos filhos.

Pela tarde lá estavam os três filhos do fazendeiro atendendo ao chamado do pai.

— Pai, aconteceu alguma coisa?

— Quando reparti a fazenda com vocês, eu não disse que a minha maior fortuna estava ali naquele velho baú todo acorrentado, o que tem nele é o suficiente para comprar três vezes mais o patrimônio de vocês, ali está o resultado de uma vida de muito trabalho. Esse Baú será daquele que cuidar de mim até os últimos dias de minha vida, e só poderá ser aberto depois da minha morte, pois a chave está guardada no cofre do banco e a direção tem ordem para entregar para vocês só depois da minha morte.

O que se viu daí em diante foi aquela disputa entre eles para ver quem tomava conta do velho pai, teve um deles que chegou a levantar o baú para ver se era mesmo pesado. O mais velho disse com toda a sua autoridade de quem manda por ser o mais velho:

— Quem vai cuidar do papai sou eu, sou mais velho e devo cuidar dele enquanto ele viver.

Pegou o pai e suas coisas inclusive o baú e foi embora para sua casa dizendo que na casa dele o pai teria de tudo, inclusive o carinho dos seus netos.

Passaram-se dez anos e o velho veio a falecer de complicações da velhice. Mal enterraram o velho, ele já correu lá no banco e pegou a chave para abrir o baú; quando abriu, se deparou realmente com tudo que o velho juntou durante a sua vida. Ali estava enxadas velhas quebradas, enxadões, pedaços de ferro, serrote velho sem o cabo, foice velhas e mais outro tanto de tranqueiras que não serviam para nada. E assim terminou a divisão da herança do fazendeiro.

VILA BELA DA SANTÍSSIMA TRINDADE

Em meados de um 1982, fui promovido no banco em que eu trabalhava e consequentemente transferido de Brasília para Cuiabá, não tinha nem noção de como era Mato Grosso, sabia da existência, mas não tinha noção de como era nem a sua extensão territorial. Vim de carro até Goiânia, deixei-o na casa de um amigo e disse-lhe que quando eu ajeitasse tudo lá, voltava para buscá-lo. Embarquei no voo da Vasp, "saudosa Vasp", às dezessete horas em ponto com destino a Cuiabá, e chegamos ao Aeroporto de Várzea Grande às dezessete horas. Pensei comigo mesmo que havia algo errado, ou o horário de Goiânia não era as dezessete horas ou o horário de Mato Grosso que estava errado. Procurei a aeromoça sobre o horário e ela disse sorrindo que era assim mesmo, porque o horário de Mato Grosso é uma hora atrasado, como o tempo de voo é de uma hora, dá a impressão que não gastamos nem um minuto de viagem.

Quando abriram a porta do avião para o desembarque, foi como abrir a porta de uma sauna de tanto calor que fazia naquela cidade, perguntei alguém que estava ao meu lado se era sempre assim a temperatura e ele me disse que estava ótima a temperatura naquele dia, pois estávamos no mês de julho e que de agosto em diante a coisa ia ficar muito mais sério. Pensei: "Não posso reclamar, fui designado para vir para este estado prestar serviço a empresa financeira que paga o meu salário e vou ter que dar o melhor de mim".

No dia seguinte levantei cedo e tomei o café da manhã no hotel e fui para o endereço do banco que na época ficava na rua Jerônimo Monteiro no centro da cidade. Me apresentei, subi até o andar superior onde ficava a sala reservada ao meu departamento, logo uma moça muito prestativa por nome Márcia se apresentou e disse:

— Seja muito bem-vindo, Sr. Nilton, eu sou a secretária que trabalha nesse setor e estou aqui para ajudá-lo no que for preciso.

Depois das apresentações, pedi a que me passasse tudo que se referia a nossa área, como eram mais de sessenta agências em todo o estado e era necessário visitar todas, pedi o nome das cidades, nome dos funcionários de cada agência e o resultado do trabalho realizado por eles. Senti que não seria fácil correr todas as agências numa semana, pela distância dessas cidades de Cuiabá, a maioria das estradas não tinha asfalto e as cidades eram distantes, só por via aérea que era o caso da região Norte, região Noroeste e Vale do Araguaia. No dia seguinte fui procurar um apartamento para alugar, o que não foi difícil, encontrei um apartamento já mobilhado, foi só buscar as minhas coisas no hotel e já estava instalado.

A primeira visita foi na Cidade de Vila Bela da Santíssima Trindade, distante de Cuiabá quatrocentos quilômetros. Fui de Avião da TAM até Cáceres e tomei um ônibus na rodoviária rumo a tal cidade. Essa agência foi escolhida pelos problemas apresentados e que teriam que ser solucionados com urgência. Até Pontes e Lacerda foi bem, pois a estrada já era pavimentada. A partir daí, estrada de terra batida, muita poeira e muitos buracos. Chegamos na tal cidade por volta das dezessete horas, a agência do banco já havia fechado e a visita ficou para o dia seguinte, fui direto para uma pousada tomar um bom banho e jantar. No dia seguinte depois de tomar o café fui fazer uma visita na cidade para conhecer, era uma cidade muito pequena, de uns quatro mil moradores no máximo, noventa por cento dos habitantes eram afrodescendentes. Perguntei a um senhor na Praça e ele me explicou que até o ano de 1835 Vila Bela da Santíssima Trindade havia sido a Capital de Mato Grosso e a partir desta data passou ser Cuiabá para onde foram os tais Coronéis ficando para trás os habitantes mais humildes, ou os que tinham propriedades e não quiseram ir. Pude observar que na Praça onde era a Catedral só havia a ruina da antiga Catedral, enormes paredes de terra batida e como o telhado já não existia, estas estavam se decompondo com as chuvas frequentes da região.

Depois desci até as margens do Rio Guaporé que faz divisa com a Bolívia, pude ver os alicerces onde um dia foi o Palácio do Governo. Esses relatos não são para falar do meu trabalho no banco e sim contar um pouco da história que eu jamais imaginei que existia. De volta a Cuiabá e depois de meses fui me inteirando dos fatos e realidades da região, até que um dia a Senhorita Márcia minha auxiliar me contou o motivo de eu ter sido transferido para a região de Mato Grosso. Contou ela que o Sr. Jairo Godoy que ocupava o cargo pediu para ser transferido para Mato Grosso do Sul, primeiro para ficar perto da sua cidade natal, Bela Vista, já na divisa com o Paraguai, e o outro motivo foi que usava se muito o Avião do Banco para fazer essas viagens, principalmente para o Norte. Ele ficou sabendo logo pela manhã que o avião do banco estava saindo para a cidade de Alta Floresta e cabia mais uma pessoa e ele disse:

— Preciso muito ir nesse voo esperem por mim, vou lá em casa pegar minha mochila e vou direto para o Aeroporto que por sinal fica em Várzea Grande do outro lado do Rio Cuiabá.

E assim ele fez, só que quando chegou lá no Aeroporto, o avião do banco já havia partido, chegou um funcionário da Matriz e tomou o seu lugar. Ele voltou para a diretoria nervoso e falando que não deviam ter feito aquilo com ele, ajeitou algumas coisas no escritório e foi embora para casa. No dia seguinte, que ele chega lá no banco, ficou sabendo que o Avião pegou uma "CB", ou seja, uma forte tempestade e a asa do avião não resistiu partiu e ele desceu em parafuso no meio da floresta, matando todos os ocupantes. Ele ficou tão assustado com a notícia que começou a passar mal, sua pressão caiu de repente que teve que ser socorrido. Depois de voltar ao normal, ele disse:

— Essa história me serviu de lição para nunca mais reclamar quando algo não dar certo é a mão de Deus que está nos livrando de algo ruim. Assim é a vida.

A MADRINHA

Conta-se que duas famílias que moravam na mesma região na zona rural, longe de tudo e de outros moradores, estradas ruins, portanto eram quase que impossível ir na cidade sempre, isso fez com que essas famílias fossem unidas, tanto que uma das mulheres ficou grávida e depois de nove meses nasceu uma linda menina e a sua mãe fez questão de dar a sua filhinha para a vizinha batizar, a qual ficou muito feliz e juntas escolheram o nome da criança: Ana Clara.

O tempo passou voando, passaram-se cinco anos e a menina sempre ia com sua mãe visitar a madrinha que gostava muito dela e lhe fazia muitos mimos. A mãe então disse:

— Está bem, Ana Clara, você venceu, só vou ajeitar a cozinha e daqui a pouco nós vamos.

Chegando lá a menina já correu para os braços da madrinha, que lhe fez alguns mimos e logo a mãe disse para a filha ir brincar e deixar a comadre e ela conversar um pouco, por nossos assuntos em dia.

A menina saiu para lado do paiol, viu uma galinha agachada em um cômodo próximo ao paiol, parou e ficou olhando a galinha, que de repente se levantou e botou um ovo e a menina achou interessante, pegou o ovo e levou para mostrar a madrinha que o ovo saiu de dentro da galinha.

— Olha aqui, madrinha, está até quentinho, agora eu sei como as galinhas botam.

A madrinha riu e disse à afilhada:

— Que bom você descobriu e ainda fez um favor para mim, recolheu o ovo. Hoje não tenho nada interessante pra te dar, leva o ovo pra você e a comadre coloca ele debaixo de uma galinha pra chocar, aí vai nascer um pintinho.

A mãe, que assistiu a tudo, fez aquela cara de deboche e não disse nada, e quando foi embora fez questão de esquecer o tal ovo. A madrinha que percebeu tudo não disse nada e quando elas se foram, pegou o tal ovo e colocou debaixo de uma galinha que tinha começado a chocar naquele dia, e só contou o fato ao seu marido que achou muito boa ideia. Após vinte e um dias, nasceu o pintinho que logo perceberam que era uma franguinha. A franguinha virou galinha, que botou uma dúzia de ovos que foram chocados, os machos depois de grandes foram vendidos e as fêmeas seguiram o mesmo esquema. O tempo foi passando, trocaram as aves por uma leitoa, que depois de grande deu crias, que depois foram trocados por uma novilha e assim seguiu o esquema até quando Ana Clara cresceu, estudou, foi para cidade prestou o vestibular para Medicina e passou.

Voltou para o sítio e foi até a casa da madrinha contar a novidade, que felizes da vida e a abraçaram com muito carinho e muitos votos de felicidades. Em seguida a madrinha deu um sinal ao padrinho que, percebendo, foi até ao quarto e trouxe uma pequena caixa de madeira e entregou a afilhada dizendo:

— Minha filha, aqui está uma pequena quantia que nós juntamos ao longo dos anos para quando esse momento chegasse, acho que o suficiente para você se manter na faculdade, para não sobrecarregar muito os seus pais. Abre, é de coração.

Ana Clara, emocionada, abriu e viu que era mais do que o suficiente para fazer a sua tão sonhada faculdade. Chorando de alegria, abraçou os seus padrinhos e agradeceu do fundo do coração o presente que havia ganhado. Encerradas as emoções, a madrinha foi contar a origem daquela quantia de dinheiro que havia entregue a afilhada e lhe perguntou:

— Ana Clara, você lembra do ovo da galinha que você achou lá no paiol e trouxe e me entregou? Pois é, essa quantia que você recebeu agora é o resultado daquele ovo — contou a ela todo o processo que fizeram para ter aquele resultado.

Padrinhos também são pais.

QUEM TEM LEITURA TEM TUDO

Quando pequenos meus irmãos e eu não gostávamos de ir para a escola, não queríamos aprender a ler e achávamos não era necessário e que a vida lá na fazenda era muito melhor, não tínhamos preocupações nem responsabilidades com nada. Na nossa cabeça, o nosso pai era o homem mais rico do mundo, ele tinha uma fazenda, muitas cabeças de gado, várias pessoas que trabalhavam para ele, alguns dos funcionários moravam na própria fazenda. Então, para que estudar? Nossa mãe, para nos convencer, sabiamente nos contava uma história, ou causo, todos ao seu lado enquanto ia transformando o algodão em fios com sua roda de fiar, isso acontecia à noite enquanto aguardava o horário de ir todos para a cama.

Um jovem muito pobre que cuidava da sua mãezinha certo dia disse a sua querida mãe que iria aprender a ler, pois uma vizinha muito bondosa se propôs a ensiná-lo, e que inclusive já havia comprado lápis e caderno, pois só assim teria condições de lhe dar uma vida melhor no futuro. Sua mãe ficou muito feliz com a notícia e lhe disse:

— Que Deus seja louvado, era o meu maior sonho ver você aprendendo a ler.

Com muito esforço, dedicação e o carinho redobrado da nobre Senhora, ele logo aprendeu todas as letras, aprendeu matemática, fazer contas de somar, multiplicar, subtrair e divisão. Depois de aprender a ler e fazer contas, ele se especializou em escrever carta, comerciais, cartas de amor e com uma caligrafia de causar inveja a qualquer doutor em letras.

O tempo passou e já com vinte e um anos e nada de novo acontecia naquela cidadezinha, juntou todo o seu dinheiro que era pouco, mas o suficiente para comprar um cavalo arreado. Despediu-se da mãe dizendo que estava indo em busca de uma vida melhor para ambos, beijou-lhe o rosto e prometeu voltar logo. Saiu sem destino, mas com muita fé esperança e Deus no pensamento, partiu para o Oeste, sertão dos grandes fazendeiros criadores de gado. Ele viajou por mais de uma semana pelas fazendas e sempre procurando trabalho para lidar com boiadas, mas os fazendeiros por onde passava lhe diziam:

— Somos pequenos, temos pouco gado, mas se o senhor quiser trabalho braçal pode ficar por aqui eu dou um jeito.

Ele agradecia, mas recusava, porque queria lidar com gado. Na verdade, tudo que ele queria era saber se havia algum fazendeiro grande e rico pela frente, até que alguém lhe disse:

— Se o senhor seguir essa estrada a uns dez quilômetros mais ou menos, existe um grande fazendeiro, possuidor de três fazendas e aproximadamente umas dez mil cabeças de gado.

O rapaz agradeceu a informação e seguiu em frente até a tal fazenda. Chegando lá, perguntou aos peões pelo dono da fazenda que lhes disseram que era o Coronel Barroso, nosso patrão, homem muito bom. Outro peão perguntou de onde ele e por que estava procurando emprego. No que o rapaz lhe respondeu:

— Não, não sou daqui, moro em uma cidade chamada Itaberaí, a uns oitenta quilômetros daqui, estou viajando por essas bandas para ver se encontro uma fazenda para comprar, quero aumentar o meu patrimônio, se é que me entende.

Nisso, chega o Coronel Barroso montado numa mula de uns sete palmos de altura, muito bem arreada, com um peitoral de argolas de prata que de longe vinha reluzindo, sobe o arreio um grande pelego de pele de carneiro na cor vermelho claro. Apeou do arreio e perguntou aos peões quem era o moço. Um deles respondeu:

— Patrão, esse moço disse que mora longe, está de viagem por essas bandas e quer falar com o Senhor.

O patrão respondeu:

— Está certo, podem ir cuidar dos seus afazeres que já vou falar com ele.

O rapaz se aproximou e disse:

— Bom dia, Coronel Barroso, muito prazer em conhecê-lo, eu me chamo Sebastião Dantas, sou da cidade de Itaberaí, fica a uns oitenta quilômetros daqui de onde estamos, estou de viagem por essas bandas para conhecer e se possível fazer alguns negócios, gostaria se for possível, é claro, o Senhor me conceder pouso por alguns dias e se não for possível, não tem problemas, já vou me retirando.

O coronel, vendo se tratar de um moço educado e muito simpático, disse a ele:

— Não se preocupe, vou lhe conceder pouso pelo tempo que for preciso. Pediu licença ao forasteiro e foi dar ordens a camareira para que preparasse uma 'alcova' para o visitante, um quarto sem janelas existentes em casarões antigos de fazendas preparados para hospedar viajantes desconhecidos.

Passaram-se duas semanas e o tal Sebastião só escrevendo cartas para o seu suposto capataz, dando instruções de como proceder na sua ausência.

— Sr. José, nesta semana você fecha aquela boiada do pasto dois, aparta mil bois e leva para o pasto da porta, pois foram vendidos para aquele comprador de sempre e pode entregar. Aguarde novas instruções, assim que puder te mando novas ordens.

A filha do Coronel Barroso, já interessada no rapaz, já ficou toda acesa pelo moço, ele não era de se jogar fora, educado, tinha escolaridade e parecia ser rico, pois indiscretamente ela lia suas cartas que ele deixava de propósito sobre a escrivaninha para que o peixe mordesse a isca, e mordeu. Ele saía para despachar essas cartas para o seu empregado e as jogavam fora. Como o amor é cego, não percebia que naquela época não havia como despachar correspondências. Letícia, esse era o nome daquela beldade, filha única e muito prendada logo começaram a namorar com o consentimento do coronel, que logo disse que pode namorar, mas tem que casar logo, não queria que ficasse nesse chove e não molha a vida toda.

Sebastião então disse ao futuro sogro:

— Por mim tudo bem, só que eu preciso ir lá em casa preparar algumas coisas, estou desprevenido, preciso de dinheiro.

O Coronel muito sistemático e apressado, logo disse:

— O que for preciso eu arrumo, dinheiro depois você me paga.

Marcou o casamento para duas semanas seguintes, chamaram a vizinhança toda para assistirem a cerimônia do enlace matrimonial da sua filha Letícia. E chegou o dia do casamento, a fazenda toda enfeitada, muitos comes e bebes, doces mais de vinte qualidades diferentes. O casamento seria na Vila próxima retirado a uns cinco quilômetros da sede da fazenda e teriam que irem todos a cavalo.

Já montados os Pais da noiva os padrinhos, a noiva, mas o noivo, colocou um pé no estribo e ficou parado, não montava no cavalo para dar andamento até a Vila, a noiva preocupada lhe perguntou ao noivo:

— O que você tem Sebastião?

No que ele respondeu:

— Não tenho nada.

Todos fizeram a mesma pergunta e a resposta foi sempre a mesma: 'Não tenho nada'. Foram para a Vila, casaram, voltaram e foi festa a noite toda, pela manhã os convidados foram embora e o Coronel disse aos recém-casados:

— Vocês vão passar o dia aqui hoje e só amanhã vocês podem viajar para a casa de vocês, aproveitem para descansar.

No dia seguinte, levantaram bem cedo tomaram o café reforçado, montou no seu cavalo, montou a sua esposa na garupa e foram estrada afora, tocando mais dois animais carregando os baús com os pertences da esposa. Depois de três dias de viagem chegaram na cidade, e a Letícia preocupada,

— Benzinho, será que a sua mãe vai gostar de mim?

— Sim, claro que vai.

Entraram na cidade e quando a moça viu o tanto de prédios e casas boas, ficou encantada e perguntou:

— Qual desses prédios é o nosso, Benzinho?

— Já estamos quase chegando.

Atravessaram a cidade e chegaram num bairro muito humilde e parou em frente a uma casinha de adobe sem reboco e disse:

— É aqui, desça e vamos conhecer a sua sogra.

Letícia quase sofreu um enfarto, mas entrou muito decepcionada e viu uma velhinha sentada num tamborete ao lado do fogão caipira, tomando uma sopa de folhas de batatas e cebolinha, que, se levantou e foi cumprimentar a nora dizendo:

— Você é muito bonita minha filha, fique à vontade, a casa é sua.

No dia seguinte, depois de chorar muito e discutir com o Sebastião, resolveu escrever para o seu pai contando a verdade. Recebendo a carta, seu pai mandou buscar os dois de volta para fazenda e assim que eles chegaram o Coronel lhes disse:

— Minha filha, não fique assim tão triste, eu sabia que ele não tinha nada, pois no dia do casamento ele não queria subir no cavalo e todos perguntaram o que ele tinha, e ele respondeu várias vezes que não tinha nada. Eu só deixei vocês casarem porque gostei dele, e como não tenho filho homem, preciso dele para tomar conta de uma das fazendas. Sebastião, depois de alojado em uma das fazendas, agradeceu imensamente a bondade do Coronel Barroso e em seguida mandou buscar a sua mãe para morar com eles.

Terminado esse causo, minha mãe já encerrando também a fiação do seu algodão, dizia:

— Entenderam como é importante estudar e aprender alguma coisa, aprender alguma profissão? Pois bem, agora todos pra cama, amanhã bem cedo todos de pé. Que Deus abençoe a todos.

FIM